詩集

野擦の歌

見上司

Tsukasa Mikami

砂子屋書房

＊目次

序

なぜ、このような詩を書いたのだろう。

その不思議さに、ぼくはとまどう。つらねられた詩の頁をたぐれば、長いひとつづきの夢を、あるいは古い書きかけの物語を、途切れ途切れにたどるように思われる。

つきない悲しみや、やるかたない愛惜を重ねて、三十年もの歳月が過ぎていった。


なぜ、このような詩を書いたのだろう。

それよりも、これは本当にぼくが書いたものなのだろうか。

ぼくではない、べつのだれかが書いたのではなかったか。

本当に、これらの思いや風景や悲しみは、ぼく自身のものだったろうか。

詩のなかで、ぼくの記憶と、もうぼくのだかわからなくなった、だれかの記憶が幾重にも交錯する。空間図形のねじれのように、決して交わることがないのに、遠くかなたに、また意外なほどごく近くに、たしかに見えるものがあるように。たとえて言えば、星座のなかの一つ一つの星々のように。

かつて沖縄で一年間を過ごしたとき、読谷村《よみたんそん》「やちむんの里」を訪れたことがあった。

陶器には、あまり興味をもったことはない。だが、あの夏休み、初めてたずねてきた妻がやたらと行きたがったのだ。ぼく一人では決して行くことはなかっただろう。琉球蟬の蟬時雨のなか工房のあちらこちらをめぐり歩いた。様々な味わいのある陶器を手に取り、撫でたり眺めたりして半日以上過ごした。

あのときのことを、今になって感慨ぶかく思う。

ぼくらの書く詩も、ああいうふうに無数に焼かれてならぶ「やちむん」に似ていないか。

そう、今思えば、あのやちむんたち、まるで詩みたいだった。

だれかの記憶や夢をささやかに彩って、一つまた一つとかたちに残す、一点一点かぎりの無数の陶器の群像……。

少年のころ、だれもいない放課後の図書室で思ったものだった。どうやって、この本たちをぜんぶ読んだらいいだろう。まだ知りえない無辺の世界に、見知らぬ人たちの数えきれない想念や感情、その生涯を思って、胸がはりさけそうだった。

今でも感じる。

ぼくは、まだ読み終えていない。

そして、まだ書きえていない、と。

ぼくは、もっと読み、もっと知りたい。そして知りえたこと、感じたこと、考えたことを言葉にしたい。

古くつたないぼくの詩の衝動は雨や雪のように、まだ降りやまない。

どうしてこんな詩を書いたのだろう。

古代では、あまたの神々、諸仏とともに死霊や生霊、鬼や妖魔が信じられていたというが、詩もそうした見えないものへのつきない語りかけなのかもしれない。

たとえば今もしばしばぼくは死んだ父に話しかけていることがある。また二度とあえない遠い人や、そばにいない大切な人にたいしてしたわしく語りかけているこどもある。そう、かくて何十年このかた、ぼくはずっとだれかに語りかけている。

あるいは、そうして語りかけることによって精神の均衡を得てきたのかもしれない。現実世界のぼくは決して褒められたものではなく、むしろ思うにまかせぬ悲惨を生きている。それは生来のもので、どうにもままならない、なみだぐましく卑小な一生涯である。

詩は、そうした救いがたい孤独の、さびしい闇に生まれた小さな吐息だ。遠いいつか、もう詩と呼ぶものでなくてもよい。「想い」をかきつらねたなにものか。そうしたものを言葉に刻みたい。自分でも、だれのものでもなくていい。

二〇二〇年　忘れがたい夏の日に。

装本・倉本　修

詩集

野擦の歌

I

ぼくの詩は……

ぼくの詩は　たぶん　だれかの記憶だ
ぼくのだか　ぼくのではなかった人のか
（忘れようとして　忘れたこと、
　忘れまいとしていたのに　忘れてしまったこと）

だから　かなしいのだ
きずあとみたいに
永遠につづく　夢みたいに
廃村のひだまりに　いまも桜が散り　散りつづけるように

（言葉は　声にならなかった　言葉は）
ぼくたちの靴もとに　散りしきる桜みたいだ
なんの意味ももたないままに　散っていく

胸のなかに　あおぐらく眠っている
詩にも　物語にも　思い出にもならなかった
吐息や　口ごもった告白や　だれにも聞こえなかった囁きや

廃道の小道に……

廃道の小道にゆれる　踊り子草の群れを
あの日も　足もとに見ていた
歩きながら　立ちどまりながら　うつむく心のなかで
それは無数に　ゆれていた

言いたかったこと　言おうとして　言えなかったこと
それからどうしても　言ってはならなかったことが
心のなかで　無数に　ゆれていた
死んだ父に　友達に　それから

別れてとおくなった　あのひとと　あのひとと
あのひとたちと……
ああ夢のように　日があたり　風がとおっている

過去の国　過去の町　過去の道のべで
永遠に　時が　とまっている
そこで　永遠に　桜が散っている

春宵幻想

――いかりのにがさまた青さ
宮沢賢治――

いんさんな　春の日暮れの河原の道に
無数の黄花《きばな》が　くらくら揺れて
　思い出のように　昏いまぼろしの
　悲しい詩句が　ふりしきる

　林よ　うつうつとまた日はかげり
青黒く迷いは　繰りかえされる
たたずむ入り口から　見知らぬ出口に　足早に
なんど嘆いたかしれない　あの泣き言のように

紫水晶《アメジスト》、空の闇より濃く深く……よせ、
　もうよせ、悲しみが何になる、
　　目のまえの景色を　曇らせるだけだ

　かしわの枯葉　ざわめけば
ちらばるひかりの　金と黒
無明は尽きず土にふる紋様ゆすれ、慟哭の涙。

魂極る春

――ほんとうにおれが見えるのか
宮沢賢治――

うら寒い　遠い疎林の端から
おれは見る
一人ゆく　あてなく甲斐なくたずねゆく
迷妄の歩みを　つめたい歩みを

あれは　たまきわる春の輪廻をさまよい巡る
一人の修羅だ
狂おしい寂しさ　また青苦さを嚙みながら
無縁の疎林を　幾つも幾つも行き来するだけだ

――ほんとうにおれが見えるのか――
もはや野辺に朽ちた　石仏と石かけとが等しいように
おれも輪廻を駆ける　おぼろな影にすぎない

そして　光を放って野に消える風よりも
激しくのた打つ　雲の変幻よりも
おれの眼は　けわしくおまえを凝視めてはいないか

さくら

――吹く風の花を散らすと見る夢は
さめても胸の騒ぐなりけり　西行――

たとえば　君との出会いから
今日までの　すべての出来事が
じつは　一夜の夢にすぎなくて
明日の朝から　僕の本当の生活が始まるとしたら、
僕は　君を忘れるだろうか。
ゆうべの風が　ひどく激しかったので、
桜の花が　とめどもなく散る
夢を見たように、

僕の心は　今も悲しくざわついている。
（僕は　君を忘れるかもしれない、
　君が　僕を忘れてしまうように。）

そして、
僕はまた　君を思い出すかもしれない、
君がふいに　僕を思い出すかもしれないように。

惜春

いたいたしい　春の日ざしに憂悶する
かげろうの想いよ
とおく鉄路の上に　はてなく揺れてたゆたう
あれは　過ぎこした少年の日の

はるかしい夢だ
いまも時おり私は立ちつくす　記憶のなかで
誰もいない　真昼のプラットホームに
そして　見はてぬ鉄路の上のそれを見る

それは　せきあぐる惜春の
やるせないあこがれだ　あてもなく無為に
胸を焦がした　うらわかい慕情だ

そして幾重にも　うちつづく黒い架線のむこうに
いまも見る　涙ぐましい殉情の
くらくらと燃える　あのくすぶりを

陽炎

遠く道の彼方にけぶる　逃げ水を追いかけて
おれは走り続けていると　思っていたのだが
立ち止まり振り返ると　後ろにも
それは　あざやかに輝いていたのだ

ああ　あれはおれがとうに過ぎこしてきたものの
かなしい残像か　それとも
おれたちには未来も過去も　ついには
どこまでも道の彼方の　得がたい幻想で

だが　おれの胸にひたすらに駈け続けているものがある
見えない夢　聞こえない音楽　だが
それが在ることを信じて　求めているものがある

それが一体何か？　それが一体何か？
はや暑くてまぶしい四月の風に　心焦がされ
おれはひたすら　あの逃げ水を追いかける

因果な春

果てなく伸びていく　道の向こうに
ゆらゆらと輝く　あの逃げ水に
わたしは大切な何かを　感じていたのだ
そう、あれは、まるで心だと

また因果な春の　淡い景色の中に
古ぼけて　色あせた郷愁を抱いて
わたしは　旅人のように歩いていく
一切を持たず　一切を夢だけに見て

逃げ水は　おまえの　そして
おまえを思う　わたしの心だ
春の因果に　くるおしく燃える……

出会うこと　別れること
めぐり来ること　うつろい行くこと
それら生き死にの　不思議な夢の

砂礫の歌

かつてあったことを　過去とよぶならば
過去よ　おまえはわたしに何の意味ももたない
石のかけらだ
春まだき　さびしい河原の砂礫の道を

過去から　意味をひろうように
無数のかわいた　石かけのなかから
意味あるものをさがしだそうと　わたしは歩いている
――冬枯れの河原道を　しらじらと風が吹きわたる……

しかし　わたしには何もなかった！
否　わたしには悔恨だけがあった！
春まだき　永劫のさびしい砂礫のように

過去よ　とうにうしなわれた詩のように
おまえをよびおこす　何ものもない
ただうしなわれたという　記憶だけが風と吹くばかりだ

吟遊 II

——無疵な心がどこにある?
ランボオ——

おれは　砂漠を見たことなどなかった
非情の河を下る　おれの舟はいつでも
胸かきむしる悲惨の港に　たどり着くのであった
砂漠よ　砂漠よ

その無辜なる拒絶の意志を　おれは感嘆する
おまえの内にまごうことない　永遠があり
おまえの上で　日は弧を描き
おまえの上で　星はめぐるのであった

——それにしても何という何という渇きだ
凡そ見えないものが　確かに見えるようになったとき
おれたちは救われるのか　死のように

人間なんて　馬鹿げた商売だった
歳月のように戯れながら　おれはこの世の吟遊をつづけよう
あのはるか無辜なる　砂漠を夢に

II

心の森から

今はもう悲しく沈んだ　わたしの想いよ、
だれも見ない　だれも知らない
遠い森の暗い湖岸が　わたしのなかにある。
夜よ、

わびしく疲れた一日に、いつものように、
おまえが訪れることは幸いである。
わたしだけの追懐に、わたしは憩うだろう、
いくどとなく、その青ぐらい淋しい湖岸に、

むなしく佇んで、また見つめるだろう、
黒水晶のように　くらく輝く青空を。
——その愛は　かなしい過失ではなかったか。——
また問うことによって、わたしは確かめるだろう、
だれも見ない　だれも知らない　森の深く
揺れる葉のように　わたしが生きた証を。

街道をたどる旅人のように……

街道をたどる旅人のように　急ぎゆく雨脚のように
失われた思い出のさなかに　いまも
おぼろげに駆けるものがある
愛ではなく　しかしかぎりなく愛にちかいもの

いつまでも去来する　黒い風や鳥のようなもの
忘れがたい人　忘れようとして
いつか忘れさった人
あるいは忘れたと信じていた

うら寂しくくぐもる　既視夢　のような風景
（おまえが誰か　たずねようとしているうちに
　わたしが誰だか　わからなくなる）

おそれのように　苛立ちのように　そして
そのあとにやってくる　悲しい諦めのように
青ぐらく暮れていく　あのとおい

望郷

——沖縄　屋嘉にて——

たずねあてた五月の　田なかの道を
うるんだ風が　あおあおと吹きわたる
かわいた泥土を　ふみしめて立ち
ふるさとの空の　風をおもう

磯ひよどりが　したわしく鳴く
ぴいぴいぴい　ぴいぴいぴいと鳴く
石がけの泡雪せんだん草の　小花のなかに
鉄砲百合が　ゆれている

ぴいぴいぴい　ぴいぴいぴいと
会えないひとの　手紙を待つように
わたしのこころも　鳴いてみる

失意をあおく嚙みながら　黙して畑の草を刈り
開墾の　しろい道をあるいた
あの日のことを　おもってみる

悲歌

――ホラ、ね、鳴ってら、僕の心臓！
ジュール・ラフォルグ――

死んだ祖母さんの夢を見たんだ　青い五月の夜明けに
ぼくは毎日すきな石ころ拾い集めて　野歩きばかりしている
きたない子供だった　鹿渡川のハックルベリイフィンだった
友達なんかみんな大きらいさ　嫌《や》なこと嫌なこと言ってくるから

で、ぼくは一人で昆虫図鑑こわきにはさみ　棒きれ持って
野原の王様みたいに歩きまわった　夕焼け小焼け
はげ山の丘の上　だれにも聞かせたことのない悲しい歌を
泣きたくなるくらい　いい声で歌ってたんだ

そんなぼくに　祖母さんは、こう言ったんだ
Manma Kanhe sa Manma Kanhe
はっ、知るもんか。だれもこの気持ち解りっこない！

でも　祖母さんは　しずかに笑って、言ったんだ
もう死んでしまったのに　いまは五月の青ぐらい墓のなか
白くポソポソに砕けた小さな小さなホネになっちまったのに、さ……

吟遊 III

——さあれゆかしきあきらめよ
中原中也——

おれはゆく
涙ぐましい六月の鉄路の上を
せつなく胸をそよぐ
あめいろの湿りの風のさなかを

ああまた激しい虚無の鐘が鳴る
おれの動悸がそれにからまり
またあの愚劣な歌をうたいだすのだ

そしておれはうたう

陰うつな林の奥底でうそうそと
散った病葉のかなしみを
その泥濘におぼれて朽ちた蝶のはねを

ああまた激しい虚無の鐘が鳴る
おれの動悸がそれにからまり
それからまたあの愚劣な旅がはじまるのだ

また夏の風に

あのかなしみはとおくなった、夢のように。
はげしい夏風が　アカシアの林を揺さぶる
せつなさよ、
わたしのこころは優しくなった。

真昼かげろうの立つ向こうに　月見草が揺れている
思い出の小道を　かつてのように
わたしは一人ゆく、暑くはてなく青い空を感じながら、
青葉のような　さびしさを噛みながら。

そしてこころよ、いつまでも遠ざかりつづける
なつかしく　いくども思い出されてはまた忘れ去られる
とある夏の　風景のようなものよ、

しずかに時が　林に過ぎていくなかで
風にさざめく木もれ日に　ふるえる青葉のように
わたしは　たしかに優しくなった。

遠い慕情

遠い慕情よ　想い起こされたまぼろしよ
初夏《はつなつ》の夢の畑なかを　はるかに
そうそうとわたる　風のごときものよ
ぼくはたたずみ　ふたたび途方にくれる

葉よ　おまえがそんなにさわぎたてるので
ぼくはせつなく胸ぐるしい　だからこうして
少年のように　いらだちながら
にがくわびしい小道を　一人あるいている

わくら葉のように　枯れおちるだけの
ゆきばのない　想いをだいて
つめたくあついひたいで　一人あるいている

おもざしよ　書きかけて
いつか忘れさられた　ふるい物語のように
ゆかしくいとけなく　ぼくをいざなう　その

風の歌

それは走りゆく　足早に　心せく
やさしく濡れる　まつよい草の花群《はなむら》を
うすあおい　ニセアカシアの樹間を
しろくけぶるように　うちしく蕎麦の畑中を

そしてさっと駆けあがる　矢もたてもたまらず
まぶしい　いちめんの青い空を
はりつめて　なおとくとくと高鳴る胸の隙を
そのなかで　しずかにふるえる遠い野原を

ぼくはかなしくはない
むしろ青く　まばゆいような気持ちでいっぱいだ
だからこんなにも　強く烈しく景色を見ている

あつくむなぐるしい　甘いつかれのように
はてない初夏《はつなつ》の景色を　噛むように見ている
それだから　すこしもぼくはかなしくはない

夏の嵐に

せきあげるさびしさが　このさびしさが
むしあつい湿地をぬけて　はるかしい田園地帯をゆくとき
夏よ　おれはまた思いだしている
あのくらくらとまばゆく　胸ぐるしい永遠のようなものを

とおくから　おまえのあかるい声をきくように
めぐる夏よ
いたましい過失と　くらい悔恨に
おれはまた　あおあおと葉のように苛立っている

うちつづく潟の堤防を　吹きかえしのはげしい風が吹き
わかいアカシアの葉をたたき打つ
なにもかもすべては　迷妄する序詞にすぎず

くらくあかるく　かなしい画面をかたちづくる
それをなぞる指先よ！
おれのあわれないたみは　そのさびしさに耐えない

逝く夏に

——さよなら……さようなら……
さよなら……さようなら……
伊東静雄——

夏山に　夏野にかげる雲がはだらにうつろう
あれは　夢であったろうか
それは　かなしい夏の朝であった
おれはほうけて　眺めていたのであった

いまは乾いた蟬の音も　舟の操音《ダイナモ》も
思い出す　おまえの声さえも
忘れられた　古い詩句のように
ただうそうそと　心を吹くだけである

そして　しずかな磯に降る　雨の波紋を見るように
さびしい過失を　その痛みを
青苦さを　おれは噛むだろう

だが雨ならば　やがて止むだろう
かつて見慣れて　いつか見忘れた漁村に降る雨に
おれは　ほうけてたたずんでいる

だれも知らない……

だれも知らない　林の合い間の
沢地の草群《くさむら》で　葉はなやましくうつうつと
殖えていった、おれの胸から失われていった
詩句のように

おい目を覚ませ、まもなく林は日が暮れる
おまえは闇をまた迷うのか
ほたる、ほおたる、送り火の水のぬるみ、
甘いぬるみ、ゆびにまたくちびるに

やわらにふれているか感じているか
あわいよどみの泥の色、その味、そのにおい、
　ふかくしずもる蛭のゆめ……、

いや、ここには数度きたことがある
いつか確かに迷いこんだことがある
杉の天頂　きいんと耳鳴りする　ような空の青。

湖と槐樹《さいかち》

——約束はみんな壊れたね。
三好達治——

また永遠のように　夏がきて
朝の空は　いちめん青い銀のいろ
湖は　しずかなはがねのようだ　遠く
遠く移りゆくものばかり見つめている

少年の　目のいろのようだ
——約束はみんな壊れたね。
ぼくは　そのことをまた思い出している
いまも　過去の世界で眠っている

さびしげな　おもざしを
さいかちの樹が　甘くにおい
夏が永遠に　ぼくらにめぐりくるように

空は　つめたく青くひかり
湖は　しずかにしずかに波だっている
そしてぼくよ　ぼくの旅は　いまも

夏の行方

——海が私を待っている。
三好達治——

潟風に　野焼きのけむりがくすぶり流れていった。
まばゆい空のしたに　いまも眠る
過去の村から陸橋をくぐり、自転車で駈けて
駈けて駈けて　過去の丘に立っている。

＊

（もういちど会う日はないか、ああもういちど）
うすむらさきにけぶる　とおい鉄路の果てに
わたしは見ていた、かぎりない夏のすがたを
そのゆくえを。

＊

木々は、まぼろしの少女のように手をさしのべる。
また木々は　少年のように苛立ち、
とおくを見つめている、夕暮れに。

＊

見知らぬ森のなかで
いまもしずかに　信号機がうごいている、
だれも知らない。そのことさえもだれも知らない。

海と古道

――蝶のようなわたしの郷愁！
三好達治――

まひるの河原の　くさむらで
まろぶがごとくもつれて　飛びあがった黄蝶と
黒蝶の　そのただいちどの飛翔！
おまえたちはなにを追い　別れて二度とは

＊

空の青さの暗がりに　むごたらしくも深く墜ちる
　夏はかなしく過ぎるもの
　そしてこころをめぐるもの
ああ過失は　決して望まれたのではなかったのに

＊

思いだしたのか　思いだしたのか
　世迷い言を　あの繰り言を
あのいやな泣き言を　悪夢のようにつぶやいてみる

＊

あ　風がとまった　風車もすべてとまっている
とうに使われていない　蔓の這いだした古道を
黒蝶が、横切った、今！

風の道

あすこのさいかちの木だけがあおあおとはげしくゆれているのは
なぜだか知っているかい
ああ　あれは見えない風の　通り道があるのさ
きみは花かげばかり好んで吹く　風があるのを知っているかい

まるで吹きさしの　少年のエチュードのように
また窓辺にだれかが置き忘れた　小説のページをめくるように
こやみなく胸をめぐる
夏よ

日に日に村や家並みを　街路を田野を葉でうずめていく
そして遠い湿原を　山裾を　河原の道を
ぼくは歩き続ける

見知らぬ町　見知らぬ森　見知らぬ港
見知らぬ石　見知らぬ花　見知らぬ言葉を話す見知らぬ人々
旅のさなか　風のさなか　夢のさなかに

馬のような日

──馬の胴体の中で考えていたい

小熊秀雄──

馬のような日
いわば今日は　そんな日だ
奇をてらって言っているのでない
そんな日なんだからしかたない

馬のような心持ちになって　俺も考えてみる
それは若かった父が　涼しい夏の早い朝に
砂ぼこりだらけの　かわいた集落のまんなかで
まっしぐらに駆けに駆けた　裸の馬である

父はおどろき　馬もおどろき
その驚天動地の疾駆のはてに　父は落馬し卒倒した
馬はそのあと馬屋に帰って　麦わらを喰った

その馬の胴体の中で
じっと黙って考えていたい
いわば　今日はそんな日である

微化石

——星砂の夢——

ビカセキ　きみに贈りとどけて
おどろくきみの横顔を　そっと
ぬすみみる
みえない鳥になれたらと

ビカセキ　墓石《ぼせき》にうもれ　日にさらされて
エリュトラの　海ふかく
おいてきた
あおい記憶　きえていく夢

イゲイの地峡を　縦走するとき
しめったしろい　雲のプリズムから
こわれて　くだけちった光が

ビカセキ　ふりつもる時間
たいせきする死のかさなり　いく千億の
だれもみなかった　葬い　また夜明け

記憶の道

記憶のなかに　白茶けた農道があり
ふるい開墾の田地にむかって　北に延びる
一本道
この道は　かつて父が耕耘機で走り

母や祖母や私が　荷台に載って揺られた
父が亡くなっても　白茶けて続く道
この道を　かつて私は息子と走った
夏休み　ラジオ体操のおわりに

いつか　私が死んでも
この道は　白茶けて続くのであろう
白日のもと　草々は風にゆれ

虫たちが鳴くのであろう
五十年後も
百年後も

風が問う

——ああおまえは何をしてきたと
中原中也——

死んだ友だちよ　また夏だ
いちめんの蕎麦の花むらを　風が
ふきわたる　もどかしげに
おぼつかず　はじらいながら

道の上《え》に　かぶさるみどり
たおれた獣　アイスコーヒー　踏切を
ふりかえると　いつかの黒蝶がななめに渡る
ああ　おまえは何をしてきたと

ふきくる風は　いまも
問いつづける　永遠に
問いつづける

ね　あの日　やしろをのぼる石段で
死にかけていた油蟬　ひろったのは　すてたのは
わたしたちのどっちだったろう　どっちだったろう

永遠の詩

みえない　ページを開けば
いまも　そこで　私を待っている
書きかけの詩　とぎれたまんまの物語
雲のゆくえ　死や　海や　宇宙のはてや

ふりつづける　雨のこと
（ぼくは　死ぬのか）　ということ
忘れられたような　ふるい油田地帯の集落の
空のうえを　無言で風車がまわっている

夜ふけや夜あけに　目がさめて
いつまでも　書けない詩を　書きつづけている
かつて消しさった　思い出をたどるように

なくしてしまった思い出を　思い出すように
無意味なことだと　きづいているのに
永遠に　やめることができないのだ

Ⅲ

まろうど2号

――こんにちはの後はすぐにさようなら

井上陽水――

一人　海にきて　波を見ながら想ってみる
妻でない　母でもない　恋人でもない　そのひとを
かっていちどだけ　たぶん夢のなかで会ったことがある
美しくもない　優しくもない　したわしく

話したのでもない　すこしも愛し合ったのでない
少女でない　大人でもない　若くもなく　年老いてもない
名前でない　実体でもない　記憶でもない
気配のような　含羞《はじらい》のような　声のような

海のような　また波のような　存在である
指でない　髪の毛でない　唇でない　睫毛でも
まなざしでもない　つまり　愛ではない

悲しみでない　涙や　吐息や　思い出ではない
森でない　港でも　学生のいる街でもない　風の音でない
いわば季節のような　存在である

玲瓏たる秋

憂悶よ　慟哭よ　燃ゆる想いよ
はりさけるような　青い空に噛みしめる
激情の残滓に　わたしはふたたびふるえる
青空にさしのべられた　さびしい指先のように

鬱情よ　高鳴る苛立ちよ
嘆き尽くされた　青い窓よ
永訣よ　陰惨の日よ
このさびしい落魄を胸に　わたしは行く

玲瓏たる秋よ　空よ
なにものかがとめどなく　ふりしきる幻想よ
つたのごとからまる　さまざまの想いよ

手よ　どんなにさしのべてもとどかない
はるかなかなしみのようなものに　あくがれて
またいまもむなしく　とらえようとするのか

夜の狼の唄

あのみじめったらしい　夜の狼の唄が
森のような　おれの胸の奥にさびしくひっついた
魂のやつと吠えている
おお　おれは呪っている　おれは憎んでいる

不幸なおれの　運命を！
あれは　あの唄は　あの影は決して幻想ではない
決して幻想ではない！
むしろ哮び泣く　おれの貧しい魂の真実である

永劫に救いがたい　真実である
やつはみじめな夜の　重苦しい闇を背負って
はてない森の底を　わけもなくうろついている
うなるように　野末の地べたで唄っている

おお遠のいていく夜明けへの想い……堂々巡りの
いやな唄　敗残の夜の狼の唄

宴のあと

——ポロリ、
ポロリと死んでゆく
中原中也——

胸が冷たく、咽《な》いてるようだ、
宴は終わり、人は去り、
ずいぶん時は経ったと思うが、
まだ夜は明けず、しんとして、

不思議なほどに、それは自然で、
電灯が、プラプラプラプラしている、
風もないのに、部屋の真ん中で、
こいつは夢か？　メルヘンか？

否、否、時計はコチコチ動き、
ガラスに老いたる人の顔、
こいつは！　これは真実だ。

表はあまねく月明かり、
何が甲斐やら未練やら、
ポロリ、ポロリと死んでゆく。

白い部屋

ぼくのしあわせは飛んでいってしまったのだ、
小鳥のように、かろやかに。
残されたからっぽの白い部屋で、
テレビのうつろなニュースが鳴りっぱなしだ。

思い出したように、何度も空を探しても、
どこにも小鳥の姿は見えないのだ。
目にうつる何もかも、林を揺する風や雨の音も、
ぼくにはたいして意味はない。

世界は本当はすべてがつめたい無縁の中に
存在している、星のように。
ああそれともぼくは悪い酒に酔って、
ひどく悲しい夢でも見たのだろうか。

けれどもこんな日、やさしい小鳥よ、
きみの声がぼくの胸に繰り返し聴こえてならない……

喪失

——わが人生は有りや無しや
萩原朔太郎——

青ざめた　俺の宿命よ、
古びた部屋の壁紙のむこうに　色あせて消えていった、
曼陀羅のような　幾何学模様よ、
すりきれた弦楽が　しらじらとけぶる、

喪失よ。
世界じゅうひどい嵐だ、泥のように降りしきる、
なげきの鐘よ、とおい海鳴りよ、
さびしい漁港の古い家なみが　永劫と咳いている。

やがて　失われたという記憶さえも、
失われるだろう、白茶けた壁紙のように、
信じがたいほどの　静ひつのなかに。

鳴りやまぬ弦楽よ、果てしない独奏よ、
嗄れた風、にじむようにとおざかりゆく、
漁港、わが人生　！

訣　別（わかれ）

——もう秋か！
ランボオ——

もう秋か！
空にかなしく光るものがみちて、
人類的な嘆息におれは背筋をつめたくする。
ああ、もう秋か！

運命はひそやかに凋落する、
いたましくも鮮やかな加速度をして。
そして詩よ、
それを記録せよ、

ふぬけた狼煙をあげるように、
じつにみっともなく悲しいほどの間のわるさで。
真実よ、おまえと、おれは訣別する。

血のような夕焼けが世界を濡らし、
運命は凋落に尽きるように赫《かがや》く。
ああ、もう秋か！

枯葉の情景　I

僕の苛立ちよ　ざわざわと枯葉の降る
夢に目覚め　なお夢うつつに林の下をさまよって
僕の心は　いつしか図書室の窓辺で座っていた
晩秋のキャンパスの止まった噴水

池の水面《みなも》のたゆたいに
音楽棟のバイエルの乱れた音符が聞こえた
——君は僕を愛さない。——
定家《ていか》の歌意をたずねることは　それは

冬の虚空に手を探りのべることに似ていた
移ろう心象《イメージ》の大空を風のように翔けて　その果てに
いつも君の姿を探した　君の心の在りかを

古い無数の本の息吹きがけぶる図書室の片隅で
抱きしめるように噛みつぶしていた　僕の苛立ち
ざわざわと散りしきる　枯葉の夢

枯葉の情景　Ⅲ

忘れたことさえ忘れる時がくると　ぼくは
信じないけれど　いつかしら君の面影が朧げになった
驚いて　ぼくは君の声にぼくの名を呼ばわせる
また　冬が来る

冬の街は　懐かしいロシアンティーの香りがする
かつて　ここに歩道橋があった
かつてあったものを思い　いまはないことを思う
がらんとした空を　風が　バッハのパルティータが

無伴奏で展開する　ただ一人あることが　全てであるように
数え切れない　葉が枯れて　散っていくように
君に話した　ぼくのすべての言葉も　夢も

失われていくのだろうか　くり返し空しい谺のように
ぼくは君の声に　ぼくの名を呼ばわせる　君のかたみに
降りしきる　枯葉の情景を抱きしめる

枯葉の情景 Ⅳ

涙もろい秋になった
おれは　無伴奏ヴァイオリンパルティータだ
天にのぼりつめて消えてゆく　あおい煙だ
おまえを夢にみた　真昼の白茶けたあかるさよ

さびしくくすんだ林の間を　かつてのように
熱病のように　おれはたずねていくよ
かつて　おれがおまえを愛し
おまえが　おれを愛さなかったことを

葉は　まるで時間のように降りしきる
そして　何もかもすべてをおれに教えてくれる
二度とおまえが　おれをかえりみないことを

だれも　ほんとうのおれを知らないことを
枯葉は　まるで言葉のように
繰り返し　繰り返し　囁きつづける

Ⅳ

馬橇の唄

――まろぶがごとき雪けぶり――

世界はあおく閉ざされて
　馬橇は過ぎゆく　黝々と
　　犬よ　お前もあのまぼろしを見たか
　　　そして　犬に生まれた運命を呪うのか

今夜も迷妄の雪が降り積もる
　オリオンのそばを通る　あおじろい月を凍らせて
　かつて言葉もなく時間もなく　愛もなかった
　　しかし　死はあった

酔うて　しんしん雪つもり
醒めて　しんしん雪つもる
こわいこわい　夢をみたんだ

まろぶがごとき雪けぶり
まろぶがごとき雪けぶり
ぼくはあの日叱られて　しょげた少年のままだ

幻影（まぼろし）

——昨日にまさる恋しさの
萩原朔太郎——

すすき野原の堤防の
小雪ふりしく夕暮れを
哀傷はおろおろと疲れた野擦《のすり》のように
湖面をひくく嘆き渡っていった

昨日にまさる恋しさの
胸に小雪のむせび散る
形象はみな鉄塔のように険しく峙って
もとより俺は独りであった

ああ！　蒼ざめた雪原から　群青の夜天をかけて、
（心は愛であかあかと満たされ
　ふたがり、顫え燃えているのに）
尽きぬ無明の漂泊よ　また古ぼけた郷愁よ
眼を閉じるたびに浮かぶその
なに幻影のおもざしを！

斥候の歌

——ぼくも歩き続ける
ぼくは斥候なのだ　秋谷　豊——

古き時代よ　思い出のように雪がふる
二〇〇八年十一月　昏い日本の初雪だ
森を　田野を　さびしい市街の裏どおりを
ぼくも歩き続ける

昏い時代は果てしない　やがて夜天を仰いでは
むせぶように落ちてくる　そぞろの雪の
あてなく甲斐なく　ふりしきるのを見る
そうだ　ぼくも斥候なのだ……

歩け！　茫々たる悲愁を愛のように噛み殺しながら
歩け、歩け！　永遠に　歩け！
流転していきどころを索め続ける　この国の辺境を！

（夜明けは近い）　ゆえない希望にいくたび嘆き
化け物じみた街並の　黝々とした山峡を行く
ぼくも　この時代の一人の斥候である

最後の狼

――たよりになるのは
くらかけ山の雪ばかり　宮沢賢治――

おれはまた見た　乱れた雲の重なりの暗い裂け目から
けわしく顕れたもの　あれは狼だ　見えない
滅びたはずの　おれたちの胸の深くに眠るもの
堤防のすすき野原が　はてなくうち続く

凍った湖面をわたるもの
まぼろし　まぼろし　それはない　ほんとうはない
古代の昔の風穴《ふうけつ》の　風に吹かれたあざみ草
たまゆらひらめく　影のまた影　ゆえに

まどわされるな　愛のように
うろたえるな　おそれのように
羯諦《ぎゃーてい》　羯諦《ぎゃーてい》　波羅羯諦《はらぎゃーてい》

迷妄の雪が　また降り積もる
昏い昔のその昔　傷つき倒れ眠りについた
黒い影　遠い湖面をひた走る　最後の狼

東京の雨

——しら露も夢もこの世もまぼろしも
たとえて言えば久しかりけり　和泉式部——

東京という人ごみの中に　もまれて独りでいると
この胸のここんところが　しくしくとしてくるんだ
今日はおまけに朝から雨で　冷たい冷たい冬の雨で
この青いビニル傘ばかりが　やけに空からみすぼらしい

もしも　ぼくがぼくではなくて
あの人たちの中の　一人だったら
どういう人生を歩んでいたことだろう　なんて
本当に　ここんところがしくしくとするんだ

	著者名	書名	定価
41	春日いづみ	『春日いづみ歌集』現代短歌文庫118	1,650
42	春日真木子	『春日真木子歌集』現代短歌文庫23	1,650
43	春日真木子	『続 春日真木子歌集』現代短歌文庫134	2,200
44	春日井　建	『春日井　建 歌集』現代短歌文庫55	1,760
45	加藤治郎	『加藤治郎歌集』現代短歌文庫52	1,760
46	雁部貞夫	『雁部貞夫歌集』現代短歌文庫108	2,200
47	川野里子歌集	『歓　待』＊読売文学賞	3,300
48	河野裕子	『河野裕子歌集』現代短歌文庫10	1,870
49	河野裕子	『続 河野裕子歌集』現代短歌文庫70	1,870
50	河野裕子	『続々 河野裕子歌集』現代短歌文庫113	1,650
51	来嶋靖生	『来嶋靖生歌集』現代短歌文庫41	1,980
52	紀野　恵 歌集	『遣唐使のものがたり』	3,300
53	木村雅子	『木村雅子歌集』現代短歌文庫111	1,980
54	久我田鶴子	『久我田鶴子歌集』現代短歌文庫64	1,650
55	久我田鶴子 著	『短歌の〈今〉を読む』	3,080
56	久我田鶴子歌集	『菜種梅雨』＊日本歌人クラブ賞	3,300
57	久々湊盈子	『久々湊盈子歌集』現代短歌文庫26	1,650
58	久々湊盈子	『続 久々湊盈子歌集』現代短歌文庫87	1,870
59	久々湊盈子歌集	『世界黄昏』	3,300
60	黒木三千代歌集	『草の譜』	3,300
61	小池　光 歌集	『サーベルと燕』＊現代短歌大賞・詩歌文学館賞	3,300
62	小池　光	『小池　光 歌集』現代短歌文庫7	1,650
63	小池　光	『続 小池　光 歌集』現代短歌文庫35	2,200
64	小池　光	『続々 小池　光 歌集』現代短歌文庫65	2,200
65	小池　光	『新選 小池　光 歌集』現代短歌文庫131	2,200
66	河野美砂子歌集	『ゼクエンツ』＊葛原妙子賞	2,750
67	小島熱子	『小島熱子歌集』現代短歌文庫160	2,200
68	小島ゆかり歌集	『さくら』	3,080
69	五所美子歌集	『風　師』	3,300
70	小高　賢	『小高　賢 歌集』現代短歌文庫20	1,602
71	小高　賢 歌集	『秋の茱萸坂』＊寺山修司短歌賞	3,300
72	小中英之	『小中英之歌集』現代短歌文庫56	2,750
73	小中英之	『小中英之全歌集』	11,000
74	小林幸子歌集	『場所の記憶』＊葛原妙子賞	3,300
75	今野寿美歌集	『さくらのゆゑ』	3,300
76	さいとうなおこ	『さいとうなおこ歌集』現代短歌文庫171	1,980
77	三枝昻之	『三枝昻之歌集』現代短歌文庫4	1,650
78	三枝昻之歌集	『遅速あり』＊迢空賞	3,300
79	三枝昻之ほか著	『昭和短歌の再検討』	4,180
80	三枝浩樹	『三枝浩樹歌集』現代短歌文庫1	1,870
81	三枝浩樹	『続 三枝浩樹歌集』現代短歌文庫86	1,980
82	佐伯裕子	『佐伯裕子歌集』現代短歌文庫29	1,650
83	佐伯裕子歌集	『感傷生活』	3,300
84	坂井修一	『坂井修一歌集』現代短歌文庫59	1,650
85	坂井修一	『続 坂井修一歌集』現代短歌文庫130	2,200
86	酒井佑子歌集	『空よ』	3,300
87	佐佐木幸綱	『佐佐木幸綱歌集』現代短歌文庫100	1,760
88	佐佐木幸綱歌集	『ほろほろとろとろ』	3,300
89	佐竹彌生	『佐竹弥生歌集』現代短歌文庫21	1,602
90	志垣澄幸	『志垣澄幸歌集』現代短歌文庫72	2,200
91	篠　弘	『篠　弘 全歌集』＊毎日芸術賞	7,700
92	篠　弘 歌集	『司会者』	3,300
93	島田修三	『島田修三歌集』現代短歌文庫30	1,650
94	島田修三歌集	『帰去来の声』	3,300
95	島田修三歌集	『秋隣小曲集』＊小野市詩歌文学賞	3,300
96	島田幸典歌集	『駅　程』＊寺山修司短歌賞・日本歌人クラブ賞	3,300
97	高野公彦	『高野公彦歌集』現代短歌文庫3	1,650
98	髙橋みずほ	『髙橋みずほ歌集』現代短歌文庫143	1,760
99	田中　槐 歌集	『サンボリ酢ム』	2,750
100	谷岡亜紀	『谷岡亜紀歌集』現代短歌文庫149	1,870
101	谷岡亜紀	『続 谷岡亜紀歌集』現代短歌文庫166	2,200
102	玉井清弘	『玉井清弘歌集』現代短歌文庫19	1,602
103	築地正子	『築地正子全歌集』	7,700
104	時田則雄	『続 時田則雄歌集』現代短歌文庫68	2,200
105	百々登美子	『百々登美子歌集』現代短歌文庫17	1,602
106	外塚　喬	『外塚　喬 歌集』現代短歌文庫39	1,650
107	富田睦子歌集	『声は霧雨』	3,300
108	内藤　明 歌集	『三年有半』	3,300
109	内藤　明 歌集	『薄明の窓』＊迢空賞	3,300
110	内藤　明	『内藤　明 歌集』現代短歌文庫140	1,980
111	内藤　明	『続 内藤　明 歌集』現代短歌文庫141	1,870
112	中川佐和子	『中川佐和子歌集』現代短歌文庫80	1,980
113	中川佐和子	『続 中川佐和子歌集』現代短歌文庫148	2,200
114	永田和宏	『永田和宏歌集』現代短歌文庫9	1,760
115	永田和宏	『続 永田和宏歌集』現代短歌文庫58	2,200
116	永田和宏ほか著	『斎藤茂吉―その迷宮に遊ぶ』	4,180
117	永田和宏歌集	『日　和』＊山本健吉賞	3,300
118	永田和宏 著	『私の前衛短歌』	3,080
119	永田　紅 歌集	『いま二センチ』＊若山牧水賞	3,300
120	永田　淳 歌集	『竜骨（キール）もて』	3,300
121	なみの亜子歌集	『そこらじゅう空』	3,080
122	成瀬　有	『成瀬　有 全歌集』	7,700
123	花山多佳子	『花山多佳子歌集』現代短歌文庫28	1,650
124	花山多佳子	『続 花山多佳子歌集』現代短歌文庫62	1,650
125	花山多佳子	『続々 花山多佳子歌集』現代短歌文庫133	1,980
126	花山多佳子歌集	『胡瓜草』＊小野市詩歌文学賞	3,300
127	花山多佳子歌集	『三本のやまぼふし』	3,300
128	花山多佳子 著	『森岡貞香の秀歌』	2,200
129	馬場あき子歌集	『太鼓の空間』	3,300
130	馬場あき子歌集	『渾沌の鬱』	3,300

	著者名	書名	定価
131	浜名理香歌集	『くさかむり』	2,750
132	林　和清	『林　和清 歌集』現代短歌文庫147	1,760
133	日高堯子	『日高堯子歌集』現代短歌文庫33	1,650
134	日高堯子歌集	『水衣集』＊小野市詩歌文学賞	3,300
135	福島泰樹歌集	『空襲ノ歌』	3,300
136	藤原龍一郎	『藤原龍一郎歌集』現代短歌文庫27	1,650
137	藤原龍一郎	『続 藤原龍一郎歌集』現代短歌文庫104	1,870
138	本田一弘	『本田一弘歌集』現代短歌文庫154	1,980
139	前　登志夫歌集	『流　轉』＊現代短歌大賞	3,300
140	前川佐重郎	『前川佐重郎歌集』現代短歌文庫129	1,980
141	前川佐美雄	『前川佐美雄全集』全三巻	各13,200
142	前田康子歌集	『黄あやめの頃』	3,300
143	前田康子	『前田康子歌集』現代短歌文庫139	1,760
144	蒔田さくら子歌集	『標のゆりの樹』＊現代短歌大賞	3,080
145	松平修文	『松平修文歌集』現代短歌文庫95	1,760
146	松平盟子	『松平盟子歌集』現代短歌文庫47	2,200
147	松平盟子歌集	『天の砂』	3,300
148	松村由利子歌集	『光のアラベスク』＊若山牧水賞	3,080
149	真中朋久	『真中朋久歌集』現代短歌文庫159	2,200
150	水原紫苑歌集	『光儀（すがた）』	3,300
151	道浦母都子	『道浦母都子歌集』現代短歌文庫24	1,650
152	道浦母都子	『続 道浦母都子歌集』現代短歌文庫145	1,870
153	三井　修	『三井　修 歌集』現代短歌文庫42	1,870
154	三井　修	『続 三井　修 歌集』現代短歌文庫116	1,650
155	森岡貞香	『森岡貞香歌集』現代短歌文庫124	2,200
156	森岡貞香	『続 森岡貞香歌集』現代短歌文庫127	2,200
157	森岡貞香	『森岡貞香全歌集』	13,200
158	柳　宣宏歌集	『施無畏（せむい）』＊芸術選奨文部科学大臣賞	3,300
159	柳　宣宏歌集	『丈　六』	3,300
160	山田富士郎	『山田富士郎歌集』現代短歌文庫57	1,760
161	山田富士郎歌集	『商品とゆめ』	3,300
162	山中智恵子	『山中智恵子全歌集』上下巻	各13,200
163	山中智恵子 著	『椿の岸から』	3,300
164	田村雅之編	『山中智恵子論集成』	6,050
165	吉川宏志歌集	『青　蟬』（新装版）	2,200
166	吉川宏志歌集	『燕　麦』＊前川佐美雄賞	3,300
167	吉川宏志	『吉川宏志歌集』現代短歌文庫135	2,200
168	米川千嘉子	『米川千嘉子歌集』現代短歌文庫91	1,650
169	米川千嘉子	『続 米川千嘉子歌集』現代短歌文庫92	1,980

＊価格は税込表示です。

砂子屋書房
〒101-0047 東京都千代田区内神田3-4-7
電話 03(3256)4708 FAX 03(3256)4707 振替 00130-2-97631
http://www.sunagoya.com

砂子屋書房 刊行書籍一覧（歌集・歌書）

2024年8月現在

＊御入用の書籍がございましたら、直接弊社あてにお申し込みください。
代金後払い、送料当社負担にて発送いたします。

	著者名	書名	定価
1	阿木津　英	『阿木津　英 歌集』現代短歌文庫5	1,650
2	阿木津　英 歌集	『黄　鳥』	3,300
3	阿木津　英 著	『アララギの釋迢空』＊日本歌人クラブ評論賞	3,300
4	秋山佐和子	『秋山佐和子歌集』現代短歌文庫49	1,650
5	秋山佐和子歌集	『西方の樹』	3,300
6	雨宮雅子	『雨宮雅子歌集』現代短歌文庫12	1,760
7	池田はるみ	『池田はるみ歌集』現代短歌文庫115	1,980
8	池本一郎	『池本一郎歌集』現代短歌文庫83	1,980
9	池本一郎歌集	『萱鳴り』	3,300
10	石井辰彦	『石井辰彦歌集』現代短歌文庫151	2,530
11	石田比呂志	『続 石田比呂志歌集』現代短歌文庫71	2,200
12	石田比呂志歌集	『邯鄲線』	3,300
13	一ノ関忠人歌集	『さねさし曇天』	3,300
14	一ノ関忠人歌集	『木ノ葉揺落』	3,300
15	伊藤一彦	『伊藤一彦歌集』現代短歌文庫6	1,650
16	伊藤一彦	『続 伊藤一彦歌集』現代短歌文庫36	2,200
17	伊藤一彦	『続々 伊藤一彦歌集』現代短歌文庫162	2,200
18	今井恵子	『今井恵子歌集』現代短歌文庫67	1,980
19	今井恵子 著	『ふくらむ言葉』	2,750
20	魚村晋太郎歌集	『銀　耳』（新装版）	2,530
21	江戸　雪 歌集	『空　白』	2,750
22	大下一真歌集	『月　食』＊若山牧水賞	3,300
23	大辻隆弘	『大辻隆弘歌集』現代短歌文庫48	1,650
24	大辻隆弘歌集	『橡（つるばみ）と石垣』	3,300
25	大辻隆弘歌集	『景徳鎮』＊斎藤茂吉短歌文学賞	3,080
26	岡井　隆	『岡井　隆 歌集』現代短歌文庫18	1,602
27	岡井　隆 歌集	『馴鹿時代今か来向かふ』（普及版）＊読売文学賞	3,300
28	岡井　隆 歌集	『阿婆世（あばな）』	3,300
29	岡井　隆 著	『新輯 けさのことば Ⅰ・Ⅱ・Ⅲ・Ⅳ・Ⅵ・Ⅶ』	各3,850
30	岡井　隆 著	『新輯 けさのことば Ⅴ』	2,200
31	岡井　隆 著	『今から読む斎藤茂吉』	2,970
32	沖　ななも	『沖ななも歌集』現代短歌文庫34	1,650
33	尾崎左永子	『尾崎左永子歌集』現代短歌文庫60	1,760
34	尾崎左永子	『続 尾崎左永子歌集』現代短歌文庫61	2,200
35	尾崎左永子歌集	『椿くれなゐ』	3,300
36	尾崎まゆみ	『尾崎まゆみ歌集』現代短歌文庫132	2,200
37	柏原千惠子歌集	『彼　方』	3,300
38	梶原さい子歌集	『リアス／椿』＊葛原妙子賞	2,530
39	梶原さい子歌集	『ナラティブ』	3,300
40	梶原さい子	『梶原さい子歌集』現代短歌文庫138	1,980

君のことを思うと
今だけならいいんだけど
冷たい雨のせいだったらいいんだけど

とりとめもなく思えてくるんだ　たとえて言えば
年がら年じゅう工事中の　都会のように
ぼくの胸は　いつもどこかが悲しくほころんでいる

風に寄せて

——おまえのことでいっぱいだった西風よ
立原道造——

おまえのことでいっぱいだった風よ
古い思い出のように　わたしの心をざわめかす
おもざしよ
たちどまり　むなしく空を眺めながら

わたしは　真冬の交差点を足早に過ぎる
あの日と同じに　うすあおく
バッハのパルティータが無伴奏で　くるくると展開する
とめどなく　ただあることがすべてであるように

絹のように　まとわりつく
思い出よ　やさしくわたしを満たすがいい
さびしさを　ただささびしさとしてのみ

たしかめて　わたしは生きるだろう
もうおまえのいない　けれどもかつて
おまえのことでいっぱいだった　あの風を胸に

夢は悔恨のように……

夢は　悔恨のように吹き荒れて
閉ざされた記憶の　青い悲しい雪原に
雪はとめどなく　降りつづくのであった

心は　逃げまどう無数の小鳥たちのように
あてどなく散らばり
樹木はいつまでも　哭きやまないのであった

ふるい　なつかしい物語よ
いまはもう失われた　遠い林の小道をたどり

わたしは一人　とぼとぼと帰りたいのだ
あの胸いっぱいの　濡れた慕情を抱いて

かすかに熱を帯びた　青白い額で
そして　ひとよ　いまもまだほんのすこしわたしに
あの日のような　やさしみが残ってあれば
どこまでもはてしない空にうちつづく　その時の彼方で

だれしもかつて……

――うしろ姿のしぐれていくか
種田山頭火――

だれしもかつてあったのではないだろうか、
得がたいものを　得ようとして、そしてついには、
得られなかったことが……
しんしんとさみしいしぐれの中を歩み去っていく、

なつかしい人のうしろ姿を
だれしも胸のとおいところにもっているのではないだろうか。
しらじらとしずもるほそい雨脚が
枯れた街路樹たちを悲しく濡らしている。

わたしは見送る、
いま点滅する信号機が赤に変わる　向こうを。
樹のように立ち尽くし、

――うしろ姿のしぐれていくか――
すべてわたしに見知らぬ人たちの　無数の
一人として、遠くへ遠くへしんしんと歩み去っていく、

無人の雪の駅

——どこに私らの幸福が
あるのだろう　萩原朔太郎——

うたた寝のうちに　大切な時が過ぎこされたように
ぼくは　年をとってしまった
愛も生活も　うたた寝のうちにあって
目が覚めたぼくには　もう何もなかったのだ

かつてしんに夢中になって探した　失くしものが
いまさら出てきた間のわるさ　馬鹿さかげんに
ぼくは冬空のように　がらんとした心で
呆然と　机のうえに頬づえをつくばかりだ

芯のきれた白熱灯　壊れた腕時計　古い絵葉書
ぼくのまわりにある　役にたたないものたちだけが
ぼくをなぐさめる

少年のころ　乗りこした無人の雪の駅
無為になんども読みなおした　粗末な時刻表を
ぼくは思いだしている。

愛惜の歌

――記念《かたみ》の日に――

今夜　おもてをふきあれる吹雪をだいて
失意にこおりついた　孤独のはて
まっくら闇のとおくに　さむざむと眠る
まずしいわたしの　いじけた心よ

もういかりもつき　にくしみもない
ただかなしみと寂寥が　あおぐらい雪原の
地吹雪のように　むねをかたくとざし
屹立する黒い鉄塔が　けもののようになきむせぶ

ああそれでも　かつてのようにいまもまだ！
わたしのむねに　せきあぐる温かなものがある
なのに　おまえに優しくできない

愛よ　愛よ
今夜も　おまえの前で心は塔のように立ちつくし
ぼうぜんと　過ぎゆく時を見おくる

曙光

あんなに　むこうが明るいのは何故だ
まるで玲瓏たる　厳冬の曙光だ
やさしくうるわしい　果汁のような光芒だ
なのに　おれの胸に暗然と吹き荒れる

このかなしい　地吹雪のさまは何だ
だれも顧みない　古い碑のように
日に日に埋もれていく　思い出たちに
おれは　一心に繰りかえし呼びかける

思い出よ　それは本当にあったのか
心の迷いや　幻想に過ぎなかったのでないか
あり得べきこと　あり得たこと　そして
いっさいのあり得なかったこと……

果汁色にかがやく　あの天際のむこうに
おれは　久遠の憧憬ばかりをみつめている

雪原を迸《はし》る

夜霧よ　閉ざされた心の原野
そのあおぐらい雪原を　はげしく縦走する者がある
そらに二月の　下弦の月がかかり
冬の星座の　かなしい神話を濡らしている

おれは　きみの冷たい髪毛をおもう
あらゆる言葉も　詩も神話もすべては
きみの髪毛の　一本に如かないことを
だが　やがてこのむねに吹き荒れるだろう

寂寥と幻滅をどうしたらいいのか?
心の極北にひろがる　永劫の愛の喪失を!
(みたされないとおい憧憬に　おれは駆けめぐる)

そのとき夜霧よ　さめない夢のように
ぼうばくたる迷妄で　おれをつつめよ
はてないその愛の迷走こそが　おれの救いだと

郷愁

日々は　うつろな鴉の群れと
はるかな雪原にはしる架線に　縹渺と連なり
おれは此岸の　疎林のはしから
ぼう然ととおいまなざしで　それを眺めるのだ

おまえ　郷愁よ　にどとは帰らない
あおくさくむねをつく昔日の慕情よ
そのおもざしの　さびしきかげを
おれはいまでも　やさしく愛でているのに

だが　どうして取り戻せよう！
とうに失われた　その愛を
ありえた無数の　うつくしい思い出たちを！

日々のうつろな夕暮れに　また夜明けまえに
おれは　はるかな雪原のかなたから
さびしい鴉どもの哭きいだすのを　ただとおく聴くのだ

存在

おまえ　夢のように悲しい存在よ
むねのなかに燃えている　青い炎のように
万象は背後に　みえない意味をともしている
　言葉でない言葉　声にならない声

なべて存在は　ひとにしられず表現している
それは　いっさいの想念たちに無縁で
愛することとかかわりのない　断絶である
　それはただ「存在」すること

存在よ　つめたくかわいた虚無の世界で
ぼくは雪原の　鉄塔のように屹立する
意味をもたない号砲を　はるかな空にうがつ

　ここはほのぐらい　地吹雪のゆうぐれ
このはてない　思惟のかなたに
青い炎のように　ぼくは存在する

枯野抄

枯野を歩く人が来る
はるかな曇天　風は海のようにうねり　地に降りて
枯れすすきの穂の隙を　冷たく苦く吹き鳴らす
――言葉は言葉でしかない――

言葉の極北を抱きしめて　僕はいこう
夢が枯野を駆けるように　顔をあげて　やさしい気持ちで
はるかな曇天　暗い雲の重なりから
むせぶように　ちりぢりと雪が落ちてくる

地に落ちて　雪は雪だったことを忘れるだろう
僕のすべての言葉のように　心のように
僕の旅よ　いつまでもどこまでも冬枯れて

何もかもが僕から遠ざかる　でも僕よ
立ちどまる思いと　口ごもる言葉と胸に
僕は　旅をつづけようね

あとがき

若いころから何度もみる、忘れかけてはまた繰り返される、古い夢のつづきがある。それは架空の町の、架空のぼくの物語である。そこでは、あり得た過去、永遠にうしなわれた過去がゆっくりと存続している。

詩《ソネット》にはもともと題名がなく番号のみを付していた。寸断された思いや風景、悲しみを、ぼくは書き継いだ、何年も何十年も……。心にしまいこんだ、心のなかだけの物語。だれも知らない、本当のことはだれも知りえない物語だった。

思いの端切れの、あわせ織り。今もいくども繰り返し、嚙みしめる。すべては、みなぼくの心のなかの出来事だったのだと。


連作を勧めてくれたのは、亡師佐藤博信である。それから秋谷豊先生の「地球」に、そして「北五星」に発表の場を移した。この出会いが無ければ、詩《ソネット》は途絶え、散乱したメモのまま打ち棄てられていただろう。佐々木久春先生には、編集のヒントもいただいた。先生と「北五星」の方々には感謝の念が尽きない。

また、我が儘な注文を重ねたうえに、ご助言をいただいた砂子屋書房の田村雅之氏にも感謝を申し上げたい。

今、目のまえで夏の景色が揺れている。
この公園に、かつてぼくも家族とおとずれた。古い木製ベンチに座り、いくつもの若い家族が入れ替わっていくのを眺めている。ベビーカーを押し、バッテリーカーに乗り、美しくさんざめきながら、夏の光のなかをかつてのぼくらが通り過ぎる。
海の風を受けて、風車たちがゆっくりと回っている。

詩のつづきは遠いどこかで、ぼくの知らないだれかが書くかもしれない。いや、もうすでに書かれているかもしれない。だれかの心のなかで、だれにも知られないままに。

二〇二〇年、今日から八月。コロナ禍のなかで、夏はまだつづいている。

見上　司

詩集　野擦の歌

二〇二〇年一〇月二五日初版発行

著　者　見上　司
秋田県山本郡三種町鹿渡字諏訪長根山根40番地1（〒〇一八―二一〇四）

発行者　田村雅之

発行所　砂子屋書房
東京都千代田区内神田三―四―七（〒一〇一―〇〇四七）
電話　〇三―三二五六―四七〇八　振替　〇〇一三〇―二―九七六三一
URL http://www.sunagoya.com

組　版　はあどわあく

印　刷　長野印刷商工株式会社

製　本　渋谷文泉閣